크루아상이 익는 시간

크루아상이 익는 시간

2024년 4월 29일 초판 1쇄 인쇄
2024년 5월 7일 초판 1쇄 발행

지은이 | 서일옥
펴낸이 | 孫貞順

펴낸곳 | 도서출판 작가
　　　　(03756) 서울 서대문구 북아현로6길 50
　　　　전화 | 02)365-8111~2 팩스 | 02)365-8110
　　　　이메일 | cultura@cultura.co.kr
　　　　홈페이지 | www.cultura.co.kr
　　　　등록번호 | 제13-630호(2000. 2. 9.)

편집 | 손희 김치성 설재원
디자인 | 오경은 박근영
영업 | 박영민
관리 | 이용승

ISBN 979-11-90566-85-8 (03810)

값 12,000원

작가기획시선

크루아상이 익는 시간

서일옥 시조집

작가

"내 시조는 지금
어디쯤 와 있을까
나는 시조와 얼마나
가까워진 것일까"

마음 흔들릴 때마다
내게 물어보는 말

아! 이제 깃털처럼 가벼운
언어를 타고
어디론가 한없이
떠돌고 싶다

문학이여
내 운명의 족쇄여

2024년 봄날에
서일옥

차 례

시인의 말

제1부 와이셔츠를 다리며

제2부 여자라는 악기

제3부 숲

제4부 젓갈과 참치캔

5부 봄의 화폭

해설

제1부
와이셔츠를 다리며

피아골 단풍

독주毒酒로구나
명주銘酒로구나
세상 설움 다 담가 빚은

무슨 혼령
스며 영근
징 소리 같은 것아

이 한철 목마른 나를
네가 왜
태우며 우나!

분위기

주전자엔 100℃의 물이 끓고 있고
나는 미열을 앓고
밖에는 눈이 내린다
말 못 할 두려움 같은
눈이 계속 내린다

불안은 바이러스처럼 거리를 돌아다니고
내일을 알 수 없는
상점들은 문을 닫았다

세계는 어둠을 걸치고
어디로 가고 있을까

모죽*

1

접고 또 접어 쌓은 시간의 곳간에서
밑동을 다지고 시계視界를 넓혀가며
짙푸른 심장 하나를 쟁여놓고 있었다

세상의 거친 물결 천변만화의 현실 앞에
당당히 맞서야 할 용기를 키우면서
전사는 긴 칼을 뽑을 미래를 꿈꾸었다

2

두 손을 모으고 기도하던 그 청년
절차탁마 5년 끝에 합격증 받아 들고
환해진 출구를 향해 달려가고 있었다

---

* 대나무 중 최고로 치는 모죽은 아무리 기름진 땅이라도 5년간 땅속 깊
숙이 사방 10리까지 뿌리가 퍼져가도록 준비만 하다가 5년이 지난 후
부터 매일 70㎝씩 쑥쑥 자라나 6주 후에는 30m가 넘는 대나무로 성장
한다. 다 자란 모죽은 웅장한 자태와 화려한 위용을 과시하는 울창한
대나무 숲을 이룬다

책들

책들이 벌써 내 방을 점령군처럼 차지했다
그들이 던져놓은 시끄러운 지식은
자꾸만 쌓이고 있다
부채負債처럼 쌓이고 있다

날마다 어둠 속에서 책들끼리 다툰다
문을 닫아걸어도 귀를 막아보아도
그들의 격한 논쟁이
문틈으로 새어 나온다

이제 버려야 하나?
아직 두어야 하나?
몇 번을 들었다가 도로 놓곤 하지만
눈익은 표지를 보면
이별은 이른 것 같다

울둘목

사백 년 간극이
접혔다 펼쳐진다

적진을 겨누고 있던
판옥선의 울음도

슬픔을
순장해 놓은
핏빛 시간이었다

와이셔츠를 다리며

건방을 떨면서 우쭐대던 당신 어깨가
천만근 시름을 지고 힘없이 누워있다
그 슬픔 함께하려고
무릎 꿇고 바라본다

온몸으로 부르짖는 소리 없는 전언들이
흑백의 결을 타고 울음처럼 번지는 시간
무너진 생의 칼라를
다시 세워 주고 싶다

눈 안에 핀 꽃*

살다 보면 가끔은 눈 안에도 꽃이 핀다
물 주고 관심 주고 가꾼 적도 없건마는
제 혼자 붉은 빛으로
엉키어 울부짖는다

보이지 않는 안쪽, 보지 못할 뒤쪽까지
넘치는 욕망으로 오지랖에 퍼 담아서
닳아진 생의 곳간에
얼룩 되어 피었을까

*결막하출혈

반려 돌*

돌일 뿐이라고

그저 돌일 뿐이라고

그렇게 내던지듯 말하지 말아라

깊은 밤 마주 앉아서 서로 정이 들었다

헐레벌떡 내달리는

숨찬 일상에서

화를 내고 투덜대도 소리 없이 웃으며

사는 게 별것이냐고 가만가만 달래주는 돌

계절이 바뀌고

비바람 지나가도

늘 같은 눈빛으로 빈자리 지켜주며

찬 마음 서로 데우며 함께 살아간다

* 반려동물을 키우듯이 반려 돌을 갖는 사람이 많음

별사別辭

느닷없이 사라졌다
환했던 화면이
도대체 누가 불러 후욱 가버렸나
유언도, 없이 떠나신 아버지의 마지막처럼

단검을 갈면서 꼭 할 말 있었는데
세상이 뭐 이러냐고 따져보고 싶었는데
대답할 용기가 없어 그냥 문을 닫으신 걸까?

천지에 빛은 없고 사방 닫힌 벽 속에서
삼켜야 할 말들만 씩씩대는 세상에서
멍하니 화면을 보며
나는 그냥 앉아있다

두 개의 정부

나는 두 정부를 섬기며 살고 있다
의정부는 시시때때로 노동력을 요구하고
서울의 중앙정부는 재난기금을 챙겨준다

둘 중엔 손자가 사는 의정부가 더 좋다.
올해에 손녀 한 분이 탄생하셨기 때문이다
그래서 무슨 명령이든 접수만 되면 직진한다

휴대폰은 눈만 뜨면 쉴 새 없이 카톡 거리고
나도 이제 그 소리 따라 영혼 없이 허둥댄다
창원과 서울 사이에서, 창원과 의정부 사이에서

'끝'이라는 말

꽃 무더기 눈이 부셔 멈춰 선 그 순간에
입꼬리 설핏 올리며 그녀 말하기를
저– 우리 이제 '끝'내요
그리고 돌아선다

살다가 살다가 그런 낭패 당한 날
세상은 자지러지고 온몸 벌목 당한다
마음 문 닫아버리고
돌아선다는 이 한마디

ARS

목적지 찾기는 늘 가시밭길 투성이
겨우 건넜는데 또 다른 길 안내한다
다이얼 늦었으니까 다시 눌러 보라 한다

숫자와 숨바꼭질 지치지 않고 찾아가건만
힘 빠진 손가락은 해독보다 느려서
돋보기 코에 걸치고 왼 종일 허둥거린다

수원화성

오방기 휘날리는
성곽길을 걸으면

계절 따라 불어오는 초록 바람 싱그럽다

옛 자취 다시 모이어
역사가 되는 곳

이백년도 더 넘은
지혜의 빛이여

지극한 효심으로 켜켜이 쌓은 벽이여

가없는 사랑을 전하는
연 하나 하늘에 떴다

제2부
여자라는 악기

크루아상이 익는 시간

켜켜이 말아 올린 상큼한 언어들이
몸속의 통점을 밀고 부풀어 오르면
꽃잎은 시간을 열고 미소를 짓는다

아가의 살결 같은 음악을 들으면서
마주 보고 새살새살 이야기를 주고받으면
생각의 틈새에서도 푸른 잎이 돋는다

모난 상처들 조금씩 둥글어지고
내일의 꿈을 꾸는 우리들의 어깨 위로
익어서 더욱 소담스런 햇살들 쏟아진다

얼음새꽃

오소소 눈바람 뚫고 그녀가 찾아왔다
가슴에 늘 안고 한 번씩 꺼내 보던
열다섯 첫사랑 소녀의
얼굴만큼 예쁘다

세월이 흘러가도 환하게 남아 있다
잘 살고 있는 걸까 마음 젖어 온다
창공에 휘파람 불며
그리움을 띄운다

끈

평생 놓을 수 없는 끈 하나 내겐 있었다
허리에 친친 감고 달리기도 하고
앞에서 끌어당기며 용감하게 가야 했다

그것은 짐이었다
또 때로는 보람이었다
그래서 세상은 늘 파랑 치는 바다였지만
팽팽히 당기는 힘으로 나는 나를 지켜야 했다

얼마 전에 툭! 하고
끈이 끊어졌다
분명 몸은 가벼운데 마음 쓸쓸했다
방향을 잡을 수 없는
광장에 혼자 있었다

환청幻聽

1

대청마루 흰 고무신 달빛에 젖어있다
누가 벗어두고 간 한限의 발자국인가
바람이 스칠 때마다 신음소리 들린다

2

유년은 그랬다 옷 한 벌 입고 나간
어머니를 따라서 나도 집을 나갔다
아무도 예측할 수 없었던 운명의 서막이었다

시골 어느 초등학교에 입학하여 서성이다
핏줄이라고 찾아오신 아버지 손에 이끌려
또다시 고향 마포로 돌아와야 했다

어머니는 스스로 불행을 껴안고
낙동강 갈대처럼 피 흘리며 살았다.
이 땅의 여자가 짊어진 한 시대의 형벌을

유습처럼 남아 있던 퇴폐에 침을 뱉으며
당당히 자신의 길을 걸어가신 여자여
그것이 원죄라 할수록 더 억울한 운명이여

3
나는 가끔 듣는다 그가 우는 소리를
그리고 부탁하신다 조용히 일러 주신다
소신껏 살아내다가 꼭 다시 만나자고

여자라는 악기

처음부터 음정에 맞는 소리를 내지 않는다
주어진 운명에 수없이 저항하다가

정이 든 가족이 될 때
비로소 입을 여는

안부

유리창을 사이에 두고 무언극이 한창이다

손짓 몸짓해 보지만 마음만 타고 탈 뿐

간절한 한마디 인사도 끝내 나누지 못한다

— 진지 잘 잡숫꼬 잠도 잘 주무시고

— 그래 나는 잘 있응께 걱정하지 말고

설익은 밥알이 되어 입안에서 맴도는 말들

돌아오는 저녁 길 진눈깨비 내리고

못 전한 마음속 말 밟을수록 얼얼한데

환승역 그 너머에서 누가 나를 부른다

성주사*

어떤 반성처럼 절간 연못 고요하다
그 분위길 담고서 백련 피어있다
세상사 잡다한 생각 다 비워 정갈하다

자지러지게 울어 쌓던 매미 울음 뚝, 그치면
꽃불이 풍성한 불두화도 졸음 겹고
목어들 몸을 흔들어 산 그늘이 깊다

한줄기 소나기에 절간 문득 깨어나면
지쳐있던 나무들 초록으로 반짝이고
천불전 처마 안에는 목탁 소리 다시 뜨겁다

* 천년의 향기가 가득한 창원의 곰절

섣달 보름

나목들 밟고 가는 바람 소리 들린다

비질을 한 듯한 들녘 위에 달이 뜨고

뜨겁던 시대를 건너며

작은 등燈이 조는 밤

자작나무 숲

　세상살이 힘든 날엔 자작나무 숲으로 가라 그들이 쏟
아내는 희망가를 들으며 가슴속 맺힌 눈물방울 조용조용
보듬어라

　빗금으로 새겨 놓은 상처들 다독이며 간절한 기도의
노래 밤새 부르다가 쉼 없이 흘려보내라 잎, 잎들의 숨소
리처럼

청도는

외씨버선 곱게 신은
분통 같은 어머니다

백자 빛 항아리에
반시 같은 달을 띄워

한 줄의 시조를 빚는
조선 혼의 고향이다

별*에게

폭풍이 불었던가
작고 여린 봉오리 위로
피어 보지도 못하고 어둔 세상 건너간
아가의 그 설운 얘기
다시는 적지 마라

부서진 화분같이
조각조각 금 간 시간
그 순결의 눈망울마저 흔들리고 있을 때
우리는 알지 못했다
함께 하지 못했다

이제는 다 잊고 창천의 별이 되렴
지상을 밝히는 한 가닥 빛이 되어
아직도 미망을 헤매는 이 세상을 깨워주렴

* 16개월 만에 숨진 입양아 정인이

밥상

남아 있는 소금이 입안에서 버석거린다
바짝 마른 가장의 한 계절 목숨의 값
정성껏 상을 차린다
그분을 위해 차린다

굴곡 많은 파도를 밀며 힘겹게 이어온 생
묻어둔 상처들 스스로 다스리며
오늘은 굴비를 뜯는다
식구들 손이 바쁘다

동행

혼자 이 길 걸을 때
그대 있음 좋겠다

바람이 흔들리며
초록으로 앉은 곳

살며시 손잡아주는
그대 있음 좋겠다

철썩이는 파도 소리
재잘대는 자갈들

도란도란 얘기 나눌
그대 있음 좋겠다

세상에 오직 한 사람
서늘한 나무 같은

제3부
숲

가족사진

함께 가는 길섶에는 계절마다 꽃이 피었다
아침을 깨우는 새소리가 정겨웠고
솜털이 보송보송한 아가들도 태어났다

창가의 피아노는 가끔 노래했고
맑은 바람에 옷자락이 나풀거렸다
끈끈한 정으로 이어진 가락지 같은 집이었다

그 집의 가족들은 자주 웃곤 했다
골목을 지켜주는 가로등 불빛처럼
늘 함께 서로를 챙기며 조심조심 살았다

이어폰

당신에게서 멀어지는
그만큼의 거리에서

나는 노를 저어 나를 찾아간다

세상을 지우고 얻는
또 다른
나와의 만남

두 번째 결혼

놋그릇 목기 닦아 차려놓은 제상이다
달은 희미하고 바람도 쌀쌀하다
그릇은 그릇들끼리 어색한 소리를 낸다

명주 고름 입에 물고 어머니 오실 날이다
다소곳이 치장하고 아버지 뵈러 오실 날이다
흰쌀밥 편육 과일로 한恨 많은 상을 차린다

오랜만에 정답게 잡수시고 가셨으면
이승에서 맺힌 멍울 일일이 다 외지 말고
새로운 연을 지어서 이쁜 만남 되시길

놋그릇 목기 닦아 차려놓는 제상이다
별빛도 영롱하고 바람도 시원하다
그릇도 그릇들끼리 반가운 인사를 한다

달리다굼 달리다굼*

유리집 홍등 아래
인형처럼 앉은 여자

나를 가지세요
웃음을 팔면서도

손길이 닿을라치면
몸을 먼저 접는다

가슴에는 팡이꽃
덕지덕지 피어있지만

인동초 결기일까
발끝에 힘을 모아

지상의 문을 박차고
세상 헤쳐나간다

* '소녀야 일어나라'는 뜻의 아람어

명주銘酒

황매산 철쭉은
신이 빚은 명주다

눈으로 마시고 마음으로 마시는 술

봄 한철
산이 취하면
나그네도 취한다

1177갱*

아가야 여기서만은 울면 안 된단다
단풍 한 철 고운 가을에 함박눈이 내려도
눈앞도 헤아릴 수 없는 운무 속에 갇혀도

마른기침 쓸어안은 광부들의 진폐증에
아내들 가슴마다 압핀으로 꽂히던 곳
아가야 여기서만은 울면 안 된단다

가지들 후려치는 바람이 먼저 가고
석탄을 실은 차가 숨 가쁘게 지나가면
하루치 생명을 알리는 깃발이 울먹이던 곳

* 1960년대~1980년대 말까지 석탄을 나르던 고원지대를 운탄고도라
  하며 그 중의 가장 높은 곳에 있었던 1177갱은 민영 최대 생산 탄광이
  었다

칸나

내 사유는 오직 그대를 향한 기도

다 못 태운 열정을 촛불처럼 끌어안고

절명의 그 순간까지

맨발로 걸어갑니다

매화차

스치면 베일 듯 날이 선 일상에서
네가 베푸는 건 새봄의 희망일까
따뜻한 눈빛을 주는
네 손길 고마워라

서로가 서로에게 더욱 깊어질수록
말갛게 정화되는 행간의 사유들
연분홍 꽃 향 속에서
시혼詩魂도 일어선다

노란 신호등

프리지어 꽃을 들고 네거리에 선 여인
3초 동안 깜빡이며 하늘 한 번 쳐다보고
운동화 끈을 고치며
다음 길을 생각한다

그 짧은 간극에도 눈 맞춤할 수 있고
순간의 여백에도 꿈은 피어나는 것
저무는 하늘가에서
반짝이는 별처럼

숲

나에게는 숲이 있다
아늑하고 고요한
그 숲의 고요함이
자주 나를 데리고 가서

자신을 바로 보게 한다
그 생각의 곳간에서

그 숲에 비가 오고
그 숲에 바람이 불고
그 숲에 서리 내리고
그 숲에 눈이 내려도

언제나 나를 깨우는
가없는 생각의 곳간

포옹

모서리와 모서리가 둥글어지는 시간
깊숙이 박혀있던 상처를 보살피며
서로의 체온 안에서
뜨겁게 용서하는 것

지금은 이것만이 내 안의 정직한 기도
따뜻한 이름 하나 살 속에 새기며
분홍빛 감탄사처럼
당신을 향해 흐르는

불안한 여행

비우러 떠나는데 오히려 무겁다

눈 익은 골목길도 자꾸 돌아 보이고

물 먹은 포장지처럼

마음 가라앉고

냉장고에 붙여둔 한 주일의 식단표를

누가 떼어버릴까 찢어질까 걱정하며

차표를 또 확인한다

모진 마음 거듭 다지며

눈시울을 적시는 이름

망망대해 한가운데서 기도하는 마음 있다
수십 년 세월에 눈물 마를 날 없이
오늘도 애를 태우며 홀로 우는 어미가 있다

실종 때 나이는 네 살, 지금은 서른두 살
목에 걸린 알약처럼 손톱에 박힌 바늘처럼
아리고 곪은 시간들 화석이 되었다

꿈에서도 볼 수 없다는 오매불망 그 보석을
어디선가 살아있을 잊지 못할 그 이름을
다 함께 불러 주세요
눈시울을 적시는 이름

제4부
젓갈과 참치캔

민족

서낭당 지나면
두 갈래 길이 있었다

삼촌은 북쪽 길로
아버지는 남쪽 길로

순간의 선택이었지만
그것이 운명이었다

화장化粧

서로에게 편안한 신발이 되지 못해서
내색할 수 없는 외로움을 안고
아버진 바람 속으로 혼자 길을 헤매곤 했다

가족은 감당못할 어깨 위의 짐이었을까
실비에 몸을 떠는 여린 풀잎처럼
아버진 작은 일에도
자주 흔들렸다

등짐을 벗어놓고 홀연히 떠나시는 날
창백하게 누워있는 당신을 송별하려고
엄마는 화장을 했다
마지막 여자이고파

남해

와글와글 시끌시끌
꽃 피는 봄이 와서

두모마을 유채밭이 여자들을 유혹하면

바람에 마음 맡기고
남해로 가야 한다

계절 타는 사람들
둥두렷이 모여서

꽃 핀 들판 길을 춤추며 가야 한다

바다도 마냥 달떠서
출렁이고 있는 곳

젓갈과 참치캔*

육이오 참전 용사
반찬 훔치다가

경찰에 잡혔다는
대문짝만한 뉴스에

갑자기 수갑 하나가
내 손목을 채우려 한다

* 80대 참전 용사 돈이 없어서 8,300원어치 반찬을 훔치다 잡혔다

보이스피싱

너는 당해봤니?
나는 당할 뻔했어

고놈들 용케 알더라
아쉬운 내 형편을

이 프로 우대대출에
눈이 확 돌더라

다급한 생각으로 다시 전화 누르는데
바로 그 순간에 먼저 걸려 온 친구 전화
턱 끝에 닿았던 숨결 간신히 추슬렀지

살아가는 길목엔 허방이 곳곳인데
우물쭈물하다가 코 베이기 십상이라던
아버지 생전 말씀이 눈앞을 스쳐 가더라

구조라에서

기다림은 언제나 소중한 생의 여백

배가 닿을 때까지 뱃전에 기대서서

스쳐 간 지난 행로를

곰곰 되짚게 한다

청량산에 올라보면

전쟁의 포화도 이념 간의 정쟁도
여기서는 모두가 평화로운 세상이다

청량한 초록 숲에는
악기 같은 산새 소리

흰 구름 떠 있는 하늘이 참 맑다
피사체로 다가오는 마창대교 설렘 길

차들은 바삐 달려간다
고삐 풀린 망아지처럼

언제쯤이면 우리 모두 환하게 마주 보며
차 한 잔 나누면서 희망을 노래할까

청명한 하늘 위에는
낮달 하나 떠 있다

3월

긴 생머리 찰랑이며 초임 교사 성 선생 온다

초록색 미니스커트 발랄하게 차려입고

힐 소리 똑똑 찍으며 교문을 들어선다

만개한 봄꽃들이 일제히 손뼉을 친다

도열한 듯 늘어선 눈부신 웃음 속으로

오색 빛 고무풍선이

바람에 날리고 있다

함께

세찬 바람 불어도
꺼지지 않는 등불처럼

세월이 흘러가도
지치지 않는 강물처럼

외로운 등 다독이며
함께 걸어가는 것

어긋나는 생각들 퍼즐처럼 맞추며
같은 곳을 바라보고 둥근 웃음 나누며

서로의 마음을 모아
내일을 꿈꾸는 것

손

불붙은 마음을 헐어

혈서를 쓰던 손이여

잡으면 잡을수록

따스해지던 손이여

이제는 주머니에 든

비수 같은 손이여

가끔 길을 잃다

어두운 숲길 헤매며 별자리를 찾는 시간
얼마나 온 걸까 얼마나 가야 할까
헝클린 길목에 서면 머릿속이 하얗다

아래로 흘러가는 품 넓은 강물은
바위에 부딪히고 수초에 휘감겨도
서로를 아우르면서 잘도 흘러가는데

연결점이 희미한 도면 위의 기호처럼
자꾸만 빗나가는 그대와 나의 관계여
엉뚱한 좌표 위에서 우린 누굴 기다릴까

자화상

죽음직전 덤으로 받은 서른 해가 흘렀다
사방은 캄캄하고 탈출구도 없었다
혼자서 맨발로 달리는 철인 경기였다

자꾸만 주저앉는 자신을 채찍질하며
살아야 한다는 갈망 하나로
수없이 넘어졌지만
또 이렇게 일어섰다

따뜻한 마음으로 동행하는 인연 있어
삶의 노래를 다시 부르게 되었고
마침내 여러 색깔의 꽃을 피워 보기도 했다

주인공의 시대는 이제 끝나가고
커튼콜만 남겨놓은 아쉬운 무대에서
저무는 저녁놀에게
감사 인사드리고 싶다

바람의 언덕

창백한 불빛처럼 이리저리 흔들리며
무거운 짐 지고 맨발로 걸어와서
휘어진 허리를 펴고
비로소 여기 선다

— 그래, 그래. 잘 왔다 정말로 고생했다
바람이 등 두드리며 정겹게 속삭인다
마침내 참았던 설움
왈칵 쏟아진다

짓누르던 시간이 비말 되어 흩어지면
사람들은 날개를 펴고 풍차 따라 돌아간다
바람의 언덕에 서면
누구나 새가 된다

제5부
봄의 화폭

나무

뿌리가 휘어지고 속이 훤히 드러나고
인체 해부도 같이 뼈만 남아 앙상한
그대를 보고 서 있다 이 저녁 어스름에

머리는 성성하고 피돌기도 멈췄지만
둥지에 남아 있는 새 알들 품고 있다
행여나 떨어질까 봐 두 손 받쳐 들고 있다

부모님이 그랬듯이 온갖 풍상 겪으면서
식구들 다 떠나도 혼자 집 지키며
한 치의 흔들림 없는 의지로 서 있다

봄의 화폭

연두는 연두의 옷을 입고 있다

연두는 앵두 빛 모자를 쓰고 있다

연두는 소녀라지만 이미 꽃을 알고 있다

햇살처럼 따스한 미소가 싱그럽다

늘 먼저 베푸는 친절이 정겹다

만나면 쉽게 놀라는 표정이 귀엽다

손금

손을 맡겨놓고
내일을 기다린다

손금이 전해줄 운명을 기다린다

혹여나 오아시스가 있을까
맘 졸이며 기다린다

상견례

서로 다른 이랑에서
알곡들을 찾아내어

귀한 인연 맺고파
서로 속을 열어보네

중간쯤 그 어디에서
서로 손 잡아보네

하늘 높이 번지는
파스텔톤 구름과

조붓한 숲길 안쪽
연분홍빛 이야기

참으로 조심스럽게
서로 눈을 맞추어 보네

파도 소리길*

맑은 바람 감고 도는 나무와 나무 사이
푸른 물빛 안고 도는 사람과 사람 사이
청라 빛 고운 꿈 꾸며
환하게 걷는 길

비워야 채워지는 항아리의 물처럼
파도 소리길 돌다 보면 차르르 고여 들어
꽃길에 흔들리면서
나도 한 점 수묵화

* 마산 돝섬의 산책로

꿈을 위한 변주

원룸 하나 갖는 것이 꿈인 적도 있었다
외줄 잡고 매달려서 흔들리던 시간에도
절벽을 차고 오르며 입술을 깨물 때도

지하 방 어둔 곳에 섬처럼 앉아서
고층 빌딩 불빛을 별처럼 세어가며
더 높은 꿈을 위해서 자신을 달구었다

혼자라도 괜찮다 당당하게 외치며
끊어진 길을 위해 돌 하나 옮겨 놓고
아침을 환하게 밝힐 꽃씨를 심었다

새벽달

예순이 넘은 아들
오늘도 힘들까 봐

하늘 문 빼꼼 열고
응원하는 어머니

꼿꼿이
허리 펴라고
주눅 들지 말라고…

책상 앞에서

마른 붓끝처럼 갈라지고 부스러진
내 헤진 마음에 다시 불을 지피고 싶다

젊음의 핏빛 울음들이
서려 있는 이곳에서

가난했던 한 시절 안으로 간직했던
풀꽃 같은 소망들 혼자 그리고 외우다

넘어진 나를 일으켜 준
아름다운 책상이여

흘러가는 시간 앞에 지금 나는 서 있다
빠른 악보를 적어가는 발걸음도 가볍게

건반을 되짚어가며
행진곡을 부르고 있다

바코드

머리는 비어 가고

생각은 깜빡깜빡

주름은 늘어가고

무릎조차 부실한

내 몸의

바코드에는

어떤 부호가 기록될까

브라운 핸즈*

불빛의 따스함이 일렁이는 밤바다
달빛을 길어 올린 커피 한잔 들고서
팽팽한 하루를 접는다
얽힌 타래 풀면서

한때는 민초들의 발이 되고 눈이 되어
볼트와 너트로 나사를 조여 가며
약속을 실어 날랐던
발자국이 자욱한 곳

지쳐있는 어깨 위에 서로의 손을 얹고
만선을 기다리는 시간의 탑 쌓으면
환하게 달아오른다
바람이 참 맛있다

* 마산 가포순환로 바닷가에 있는 카페 이름

자연이 그리는 캠퍼스

푸른 물빛 속에서도 보석처럼 빛나는 별
사위가 어두워지고 밤이 찾아오면
검푸른 은하수 타고 고래 떼가 몰려온다

밤새 잠들지 않는 장경각 맑은 수중
칠천 년 전 이야기를 마음껏 풀어가는
우주의 삼라만상이 환하게 열린다

굴절된 세상사도 여기 오면 극락이다
물과 하늘이 둘이 아닌 하나임을
화엄의 경전을 따라 다시 한번 되새긴다

계산 안 하고 계속하면 못 이룰 것이 없다
성파스님 그 말씀이 오망성 같은 불길로
서운암 사방 천지를 환하게 밝히고 있다

장식품裝飾品

나도 한때는 잘나가는 히어로였지
사진 속 한가운데는 언제나 내 자리였어
콧대를 세우고 보면
다들 아래로 보였지

어느 날 세상이 나를 야멸차게 차버렸어
허세에 위장에 나는 한낱 소품이었나
이제는 배경도 안 되는
누가 버린 풍산개처럼

명패를 내리며

사막을 건너가는 낙타처럼 짐을 지고
달도 없고 길도 없는 어둠을 돌아돌아
일생을 휘적이면서
달려온 숨 가쁜 생

채워왔던 자리를 말없이 쓸어 보며
각을 세워 걸어 둔 생각들도 고이 접어
머물던 순간순간을
가슴 속에 안았다

거미줄처럼 얽혀있던 인연을 뒤로하고
시간에 기대보니 빈 들판이 허허롭다
돌아와 등불을 켠다
마음 외려 가볍다

긍정적 철학이 빚어낸 질문의 목록

이우걸(시조시인)

긍정적 철학이 빚어낸 질문의 목록

이우걸(시조시인)

1

서정시는 대체로 고적한 시다. 적극적인 발언을 유보한 은유를 독자가 눈치채게 하는 기법을 쓴다. 좋은 시의 표본이 그렇다 해도 부조리한 사회, 비인간적 사회와 맞닥뜨렸을 때 직설로 독자의 생각을 대변하는 시도 있을 수 있다. 민주화를 열망하던 시의 시대(20세기 후반기)에 보았던 참여시, 민중시들이 그러했다. 그 시절에 비해 우리 사회가 많이 안정된 탓인지는 몰라도 요즘의 시들은 대체로 서정시 본연의 자세로 돌아오고 있는 듯하다. 그러나 응달은 어떤 형태로든 존재할 수밖에 없는 것이 우리 삶이기에 생의 어둠과 고단한 개인의 굴곡진 삶은 도처에 산재해 있다.

서일옥은 질문하는 시인이다. 해결되지 않는 세상의 어둠에 의문을 가진다. 약자를 보는 마음에 생긴 죄의식으로 개선의 열망을 거침없이 노래한다. 이런 자세는 그의 시편 전체를 관류하는 것이어서 특별히 이번 시조집에만 드러나는 특징이라고 말하기 어렵다. 첫 시조집 『영화스케치』에 있는 「니나」에서는 "길 떠날 노자도 없이 유기된" 외국인 노동자의 죽음을 노래하고 있고 「정신대 그 이야기」에서는 "영원히 지울 수 없는 천형의 도장"을 노래하며 역사적 진실을 고백하고 해결하라고 외쳤다. 그 뒤에 나온 시조집 『하이힐』에서는 하이힐, 아이라인, 립스틱, 볼연지, 반지, 핸드백, 매니큐어와 같은 여성 친화적 소재를 통해 페미니스트의 면모를 보여주기도 했다.

어느 겨울 받아 든
출생의 운명처럼
가도 가도 높고 가파른
하이힐이 여기 있다

찬바람 무찌르려고
찬바람 허리에 감고

세상은 목마르고 뜨거운 사막이었다

그 길을 여자 하나가 절며 걸어간다

똬리 튼 파충류처럼
맹독의 입술을 하고…

– 「하이힐」 전문

이 작품은 한국에서 여성으로 사는 고통을 상징적으로
드러낸 명편이다. 그의 시조세계를 명확하게 보여주는 대
표작이다.

2

세상의 부조리에 대해 또는 어두운 현실과 그에 따르는
불안에 대해 해 온 질문은 이번 시조집에서도 변함없이 이
어진다.

주전자엔 100℃의 물이 끓고 있고
나는 미열을 앓고
밖에는 눈이 내린다
말 못 할 두려움 같은
눈이 계속 내린다

불안은 바이러스처럼 거리를 돌아다니고
내일을 알 수 없는

상점들은 문을 닫았다

세계는 어둠을 걸치고
어디로 가고 있을까

- 「분위기」 전문

이 작품은 신종 코로나가 만든 팬데믹 시대의 풍경을 리얼하게 그리고 있다. 죽음의 공포로 사람들의 발길은 끊기고 상점은 문을 닫는다. 이 공포스러운 사태가 언제쯤 끝날까. 팬데믹은 우리를 어디로 데리고 가는가. 인류는 과연 살아남을 수 있을까. 종장의 "세계는 어둠을 걸치고 / 어디로 가고 있을까"에는 거론한 질문뿐만 아니라 거론하지 않은 많은 질문이 자조 섞인 절망으로 함의되어 있다. 그런 의미에서 창궐하는 전염병 시대의 날카롭고 섬뜩한 분위기를 잘 조영해 낸 시조라 하겠다.

비우러 떠나는데 오히려 무겁다
눈 익은 골목길도 자꾸 돌아 보이고
물 먹은 포장지처럼
마음 가라앉고

냉장고에 붙여둔 한 주일의 식단표를
누가 떼어버릴까 찢어질까 걱정하며

차표를 또 확인한다

모진 마음 거듭 다지며

- 「불안한 여행」 전문

「불안한 여행」은 그가 꾸준히 다루는 페미니즘적 시각
이 반영된 작품이다. "여자라는 악기" "환청" 등의 작품을
통해 격앙되지 않은 어조로 질문을 반복하고 있다. 이 작
품은 가정주부로서, 아내로서, 어머니로서의 짐을 잠시 벗
고 여행길에 든 화자가 가족에 대한 염려와 책임감 때문에
겪는 심리적 현상을 보여주고 있다. 가정을 가진 여성이라
면 누구나 한 번쯤 경험할 법한 감정이다. 무심히 읽는다
면 가정을 사랑하는 여성의 섬세한 내면이 잘 그려진 시조
라고 느낄 수 있을 뿐이다. 그러나 더 세심하게 읽어보면
짧은 여행마저도 걱정 없이 홀가분하게 갈 수 없는, 가족
안에서 여성에게 지워진 역할 문제를 되짚어 보게 하고 질
문하는 시조라고 해석할 수 있다. 가감 없는 현실적 표현
으로 시조의 형식미를 자연스럽게 원용한 절제미와 균형
등에서 보면 성공적인 작품이기도 하다.

책들이 벌써 내 방을 점령군처럼 차지했다

그들이 던져놓은 시끄러운 지식은

자꾸만 쌓이고 있다

부채負債처럼 쌓이고 있다

날마다 어둠 속에서 책들끼리 다툰다
문을 닫아걸어도 귀를 막아보아도
그들의 격한 논쟁이
문틈으로 새어 나온다

이제 버려야 하나?
아직 두어야 하나?
몇 번을 들었다가 도로 놓곤 하지만
눈익은 표지를 보면
이별은 이른 것 같다

－「책들」전문

책에 대한 편견은 문치 국가로 오랜 전통을 쌓아온 우리나라에서는 당연히 가지게 됨직한 것이다. '책천부천조천冊賤父賤祖賤'과 같은 말의 의미를 교훈으로 삼았다. 책은 귀중한 것이고 책 속에는 여타의 길이 있고 책을 읽어야만 보다 나은 사회적 지위를 획득할 수 있다는 얘기를 우리는 어릴 때부터 수없이 듣고 자랐다. 바야흐로 책이 넘쳐나는 시대가 되었다. 때로 원하지 않아도 배달되는 책들을 포함해 책은 마치 점령군처럼 방을 차지하고 있다. 글 쓰는 사람이라면 누구나 경험하는 일이 아닐까 싶다. 오류를 전염시키는 책도 있고 불화의 씨앗이 되는 책들도 있다. 기준

에 따라서는 "시끄러운 지식"들이나 "격한 논쟁"을 유발
하는 책도 적지 않다. 낡은 지식, 폐기해야 할 지식을 담고
있는 책도 있다. 미처 읽지 못하고 그저 자리만 차지한 책
도 있을 것이다. 이 작품에서 화자는 '버릴까 말까' 고민해
야 하는 대상으로서의 책을 이야기 한다. 인정에 의해 결
국 버리지 못하지만, 책에 대한 고정관념이 깨지는 현장을
보여주는 시조다.

　　　　사백 년 간극이
　　　　접혔다 펼쳐진다

　　　　적진을 겨누고 있던
　　　　판옥선의 울음도

　　　　슬픔을
　　　　순장해 놓은
　　　　핏빛 시간이었다

　　　　　　　　　　　　　　　　－「울둘목」 전문

　　　　서낭당 지나면
　　　　두 갈래 길이 있었다

　　　　삼촌은 북쪽 길로

아버지는 남쪽 길로

순간의 선택이었지만
그것이 운명이었다

–「민족」 전문

    역사에 관한 시인의 태도를 볼 수 있는 작품 두 편을 골랐다. 울돌목은 이순신 장군이 13척의 배로 133척의 일본군 배를 수장시킨 유적지다. 이런 역사적 공간을 시적 대상으로 삼을 때 승전을 찬양하는 데 초점을 맞출 확률이 높다. 그러나 이 시인의 경우 '핏빛 울음'에 포인트를 맞추고 있다. 반전사상의 표출이라고 읽을 수 있다. 어떤 전쟁도 "슬픔을 순장"하는 "핏빛 시간"을 만들기 때문이다. 그래서 전쟁은 이 지구상에 일어나서는 안 된다는 견해를 강조하고 있다고 읽힌다. 「민족」의 경우는 분단의 아픔을 특별한 수사 없이 담담하게 그리고 있다. 형제가 각기 북쪽으로, 또 남쪽으로 가게 된 것은 순간적 선택이었을 것이다. 지금의 분단 상황을 전혀 상상하지 못한 순간의 선택은 말할 수 없는 참혹한 결말에 이르게 하였다. 이 비극의 연출자는 누구인가. 그것은 물론 강대국이다. 그들의 극본에 의해 오늘까지 우리 민족은 지구상 유일한 분단국으로 살고 있다. 이 단시조에서 그런 분노를 찾아 읽는 것은 물론 독자의 몫이다.

육이오 참전 용사
반찬 훔치다가

경찰에 잡혔다는
대문짝만한 뉴스에

갑자기 수갑 하나가
내 손목을 채우려 한다

              - 「젓갈과 참치 캔」 전문

    역사와 관련되어 있지만, 이 작품은 앞의 작품과는 다른 관점의 작품이다. 국가 유공자 복지문제이기 때문이다. 80대 참전 용사가 돈이 없어서 8,300원어치 반찬을 훔치게 되는 현실이 시인은 몹시도 안타깝고 죄스럽다. 노인의 삶이 어떤 연유로 저 지경에 이르렀는지 그 내막을 우리는 알지 못한다. 그러나 작자는 그 사실이 마치 자신의 책임인 양 "갑자기 수갑 하나가 내 손목을 채우려 한다"고 자성의 전언을 종장에 피력해 놓았다. 10대 경제 대국이니 선진국이니 앞다투어 외피를 자랑하지만, 정작 나라를 지킨 원호대상자는 극빈의 그늘에서 벗어나지 못하고 있음을 고발하고 있는 것이다.

    폭풍이 불었던가

작고 여린 봉오리 위로
피어 보지도 못하고 어둔 세상 건너간
아가의 그 설운 얘기
다시는 적지 마라

부서진 화분같이
조각조각 금 간 시간
그 순결의 눈망울마저 흔들리고 있을 때
우리는 알지 못했다
함께 하지 못했다

이제는 다 잊고 청천의 별이 되렴
지상을 밝히는 한 가닥 빛이 되어
아직도 미망을 헤매는 이 세상을 깨워주렴

-「별에게」 전문

「별에게」는 양부모의 학대로 숨진 16개월 입양아 '정인'
이의 죽음을 고발한 작품이다. 입양제도는 선진국일수록
자연스럽게 정착되고 있다고 한다. '가슴으로 낳은 아이'
라는 말이 낯설지 않을 만큼 우리 사회도 어느 정도 입양
제도를 인식하고 있다. 인구절벽의 당면 문제를 차치하더
라도 입양은 아름답고 발전적인 제도로 권장되어야 마땅
하다. 그러나 안타깝고 슬프게도 입양자의 방임과 학대로

귀한 생명이 희생당하는 사건이 종종 일어나고 있는 게 현실이다. 이런 사회의 어두운 단면을 그냥 지나치지 않고 시인은 시를 통해 우리에게 끝없이 질문을 던진다.

> 느닷없이 사라졌다
> 환했던 화면이
> 도대체 누가 불러 후욱 가버렸나
> 유언도, 없이 떠나신 아버지의 마지막처럼
>
> 단검을 갈면서 꼭 할 말 있었는데
> 세상이 뭐 이러냐고 따져보고 싶었는데
> 대답할 용기가 없어 그냥 문을 닫으신 걸까?
>
> 천지에 빛은 없고 사방 닫힌 벽 속에서
> 삼켜야 할 말들만 씩씩대는 세상에서
> 멍하니 화면을 보며
> 나는 그냥 앉아있다
>
> — 「별사」 전문

이 시조집에 함께 실린 작품 「환청」에서 알 수 있는 바와 같이 슬픈 가족사의 일면이 이 시조에 깃들어 있다. 돌아가신 아버지에 대한 화자의 애도는 복잡할 것이다. 가없는 슬픔, 막중한 책임감, 그리고 말 한마디 못하고 앓아온 상처에 대한 원망 등이 얽혀있을 것이기 때문이다. 느닷없이 닥친 이별 앞에서 "세상이 뭐 이러냐고 따져 묻고 싶었는데 / 대답할 용기가 없어 그냥 문을 닫았을까?" 라고 묻고 있다.

목적지 찾기는 늘 가시밭길 투성이
겨우 건넜는데 또 다른 길 안내한다
다이얼 늦었으니까 다시 눌러 보라 한다

숫자와 숨바꼭질 지치지 않고 찾아가건만
힘 빠진 손가락은 해독보다 느려서
돋보기 코에 걸치고 왼 종일 허둥거린다

- 「ARS」 전문

이 작품은 정보화 선진국의 그늘을 고발하고 있다. 신청서 작성이나 민원의 대부분이 우리나라는 컴퓨터로 처리되고 있다. 그러나 컴퓨터에 능숙하지 못해서 회사나 관청에 질의를 하려해도 번번이 실패하는 경우가 많다. 전화로 처리하거나 서류로 처리하거나 안내원을 두어서 익숙하지 못한 노년층을 돕는 서비스가 필요하다. 그런 면에서의 민원인의 불만은 예사롭지 않다.

3

질문은 마음의 창과 같은 것이다. 질문 속에서 세태와 인정을 읽을 수 있고 희망과 발전을 위한 몸부림을 읽을 수 있다. 그러나 모든 질문이 다 아름다운 것은 아니다. 대답을 들으려 하지 않는 질문, 잘난 체 하는 질문, 비판을 위한 질문, 대답할 수 없는 질문들이 있다. 오히려 불화를 유발하는 여러 종류의 질문들을 의회나 시장 혹은 민원실 등에서 가끔 볼 수 있다. 질문의 진정성은 질문자의 인격 그리고 가치관과 관계가 깊다. 세상을 긍정하고, 발전을 희망하고, 보다 나은 세계를 열망하는 진심이 감지될 때 질문은 빛을 발한다.

1

접고 또 접어 쌓은 시간의 곳간에서
밑동을 다지고 시계視界를 넓혀가며
짙푸른 심장 하나를 쟁여놓고 있었다

세상의 거친 물결 천변만화의 현실 앞에
당당히 맞서야 할 용기를 키우면서
전사는 긴 칼을 뽑을 미래를 꿈꾸었다

2

두 손을 모으고 기도하던 그 청년

절차탁마 5년 끝에 합격증 받아 들고
환해진 출구를 향해 달려가고 있었다

- 「모죽」 전문

취업준비생의 성공을 "모죽"의 성장으로 비유했다. 모죽
이라는 대나무는 5년이 지나도록 자라지 않다가 갑자기 하
루에 70㎝씩이나 자란다고 한다. 이 작품의 메시지는 노력
하고 기다리면 모죽처럼 언젠가는 뜻한 바를 이루게 된다는
것이리라. 적어도 그러한 세계는 긍정의 세계이고 희망의
세계이지 절망과 부정의 세계는 아니다. 열악한 조건의 현
실에서 당당하게 살아남기 위해 노력해야 한다는 말은 바람
직한 것이다. 시인은 이런 가치관 하에 작품을 쓰고 있다.

건방을 떨면서 우쭐대던 당신 어깨가
천만근 시름을 지고 힘없이 누워있다
그 슬픔 함께하려고
무릎 꿇고 바라본다

온몸으로 부르짖는 소리 없는 전언들이
흑백의 결을 타고 울음처럼 번지는 시간
무너진 생의 칼라를
다시 세워주고 싶다

- 「와이셔츠를 다리며」 전문

힘든 하루를 견디고 돌아온 사람이 누워있다. 가족 앞에서만은 오만을 떨고 허풍을 치던 사람이 누워있다. 무너진 그를 일으켜 다시 당당한 사회의 일원이 되게 하고 싶은 마음으로 와이셔츠를 다린다. "결을 타고 울음처럼 번지는 시간"은 경쟁이 치열한 우리 사회의 사람들 대부분이 겪게 되는 시련이다. 그 고통을 아프게 느끼며 와이셔츠의 깃을 세운다. 그를 위해 할 수 있는 역할이 그저 구겨진 칼라를 세워주는 사소한 일 뿐임에도 무너진 생을 일으켜 주고 싶은 화자의 간절함이 엿보이는 작품이다. 긍정적이고 현실적인 화자의 자세는 보편적인 우리 서민들의 일상을 대변하고 있다 할 것이다.

켜켜이 말아 올린 상큼한 언어들이
몸속의 통점을 밀고 부풀어 오르면
꽃잎은 시간을 열고 미소를 짓는다

아가의 살결 같은 음악을 들으면서
마주 보고 새살새살 이야기를 주고받으면
생각의 틈새에서도 푸른 잎이 돋는다

모난 상처들 조금씩 둥글어지고
내일의 꿈을 꾸는 우리들의 어깨 위로
익어서 더욱 소담스런 햇살들 쏟아진다

첫 수에서는 '크루아상'이 만들어지는 과정을 통해 화자
가 세상을 보는 시각을 잘 드러난다. 삶의 아픔을 "밀고 부
풀어 오르는" 크루아상의 모습은 "꽃잎"이고 "미소"다. 둘
째 수에서는 분위기를 더욱 아름답게 그려 보이고 있고 마
지막 수에서는 그가 희망하는 내일의 모습을 보여준다.
"둥글어지"는 것, "햇살이 쏟아"지는 것이 바로 그것이다.

4

서일옥 시인의 창작 여행은 1990년 '경남신문 신춘문예
시조 당선'으로 출발하였다. 30년이 넘는 시간을 이 도정
에 바친 셈이다. 『영화스케치』 『그늘의 무늬』 『병산우체
국』 『하이힐』을 거쳐 이번 시조집 『크루아상이 익는 시간』
에 닿았다. 그동안 그가 고민해 온 것은 새로운 시조 쓰기
였을 것이다. 물론 진솔하게, 정성스럽게, 시조라는 형식에
어울리게, 전통을 맹목적으로 답습하지 않는 시조를 쓰기
위해서도 적지 않은 힘을 쏟았다.

그러나 자신만의 개성을 확보하는 것이야말로 한국시
조시단에서 그가 존재할 이유를 증명할 수 있는 것으로 생
각하고 많이 방황하고 다그쳤다. 자유시를 살폈고 하이쿠
를 살폈고 당송의 명시들이나 서구의 단시들을 살폈지만
어떤 힌트도 떠오르지 않았다고 토로하곤 했다. 그 후 그

는 스스로 진정성 있는 작품을 써나가다 보면 보면 누군가가 본인 시조의 개성을 발견해 줄 것으로 생각하고 지치지 않고 열심히 써 보겠다고 했다. 그를 사랑하는 독자들은 그의 시조집을 읽으면서 이미 그의 개성을 눈치채고 있었을지도 모르겠지만 그는 자기 작품의 어떤 특징을 의식하고 있지 않았다. 다만 그가 신문 기사나 방송을 보고 시조를 쓰는 경우가 많다는 것을 알고 있었다. 이번 시조집을 통해서 리얼리즘적 성격이 짙은 그의 시조의 개성을 비로소 발견할 수 있게 되었을 것으로 생각한다.

그의 시조는 주로 일상을 소재로 삼는다. 그래서 독자와 친숙한 대신 다른 면으로는 평범하다는 느낌을 줄 수 있다. 그런 감정을 불식시키기 위해 질문을 직접 드러내기도 하고 또 얼마간은 작품 속에 숨겨놓지 않았나 싶다. 그의 질문들은 그 나름의 내적 필연성과 외적 객관성을 갖고 있다. 이것이 성립되지 않으면 질문 자체가 단순한 기교로 떨어지게 된다.

이미 앞서 강조한 것처럼 그의 질문들은 세상을 사랑하고 긍정하는 입장에서 던지는 진지한 목소리다. 이 글의 3에서 읽은 작품들은 그런 그의 세계관을 알기 위한 의미 있는 과정이었다.

함께 가는 길섶에는 계절마다 꽃이 피었다
아침을 깨우는 새소리가 정겨웠고

솜털이 보송보송한 아기들도 태어났다

창가의 피아노는 가끔 노래했고
맑은 바람에 옷자락이 나풀거렸다
끈끈한 정으로 이어진 가락지 같은 집이었다

그 집의 가족들은 자주 웃곤 했다
골목을 지켜주는 가로등 불빛처럼
늘 함께 서로를 챙기며 조심조심 살았다
                                    -「가족사진」전문

　　그는 월권과 부패 혹은 부조리와 성적 차별 혹은 전망
부재의 오늘을 질타할 때도 그의 가슴 한 곳에 이런 사랑
과 긍정의 세계관을 간직하고 있는 시인이다. 그렇기 때문
에 그의 질문들은 단순한 질문이 아니라 너무나 가슴 아
픈 절규이거나 간절한 부탁인 동시에 우리 사회의 개선을
위한 건강한 목소리다. 앞으로도 체험적인 시조, 진솔한
시조, 사회적 약자를 옹호하는 시조, 불의와 타협하지 않
는 시조를 그는 계속 쓸 것이다. 그리하여 그의 '질문'은
그의 시학의 돌올한 개성이 되어 한국시조문학사에 하나
의 빛으로 자리할 것이다. 세상의 여러 모습을 온몸으로
느끼며 깊이 새긴 사려 깊은 작품집의 발간을 축하하며
글을 맺는다.